ねこはいに

南伸坊

青林工藝舎

「ねこはい」を
もう一冊だしてもいい
といわれたので
また猫になって書きました
おもしろがってもらえたら
いいんだけど・・・
こどものころ近所にいた
しっぽのないさんぺーとか、
うちのくろちゃんとか、
知ってる猫になったつもり
で書きました

南伸坊

ねこはい

とおあさの
みなみのうみに
そよぐかぜ

どくだみの
くさしなつかし
かわいらし

しばらくは
およがせておけ
じきへたる

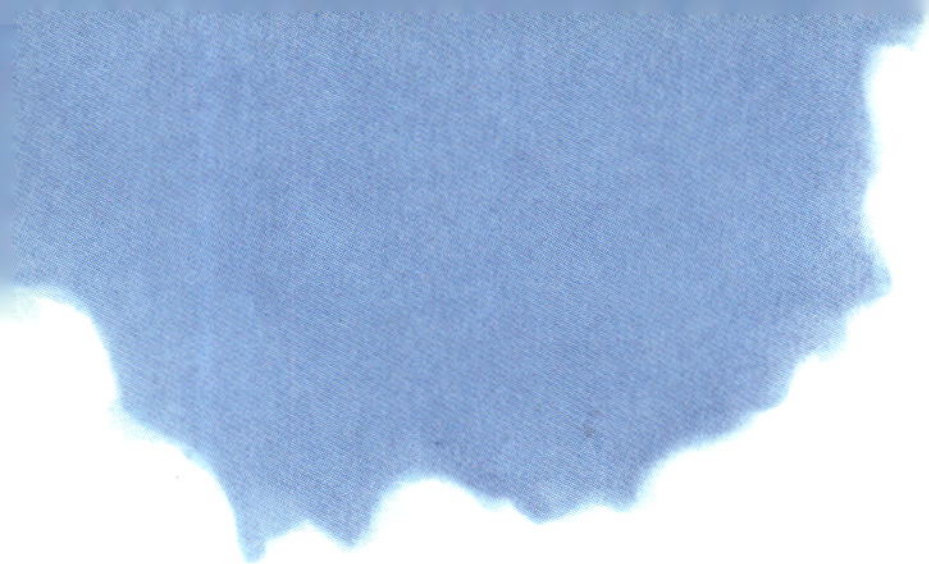

ひまわりの
うえからめせん
しかとする

せみなくな
くちがこそばい
やかましい

きょうのひも
くれてゆくかな
かなかなかな

ぜっこうの
ひるねのばしょの
ややさむし

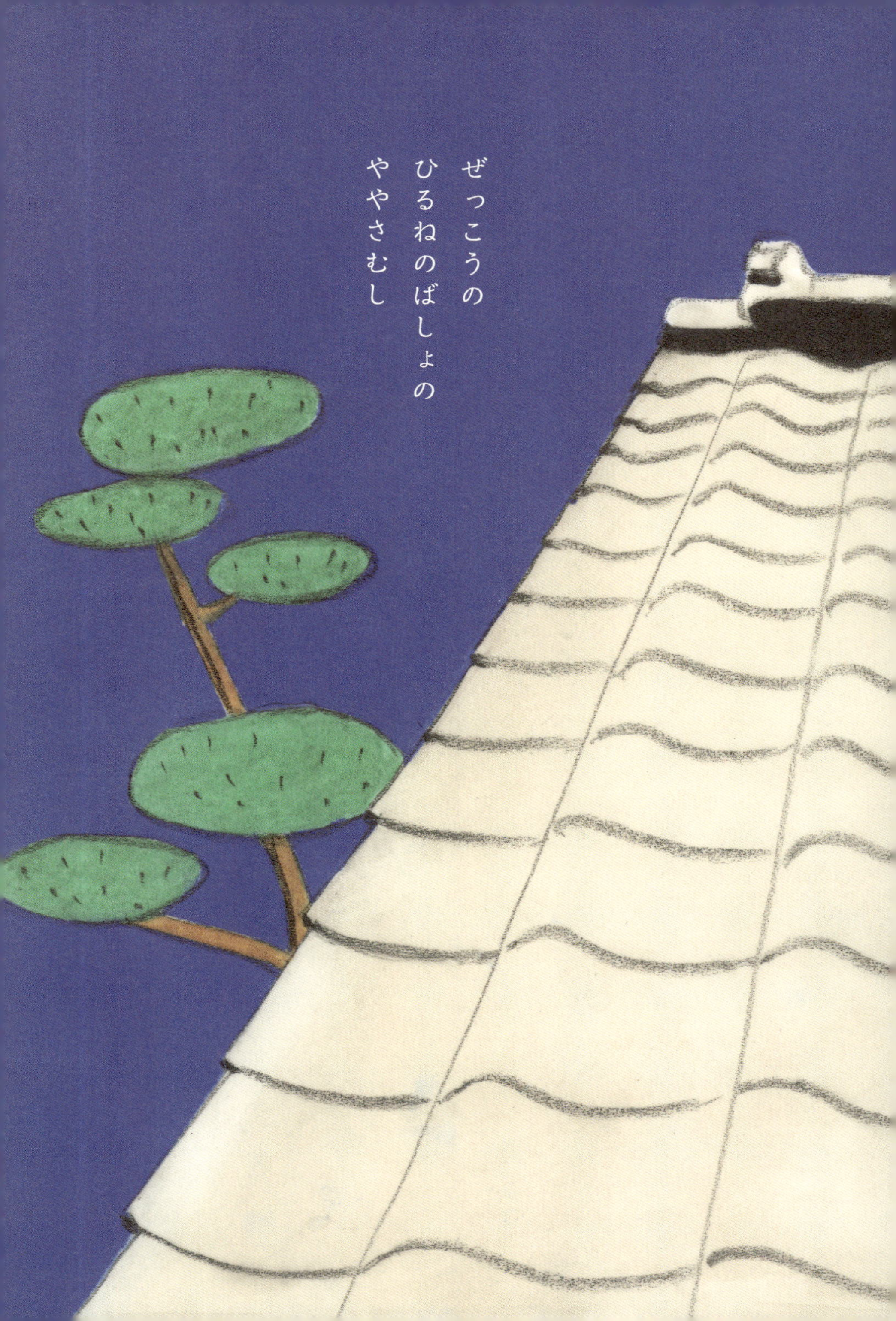

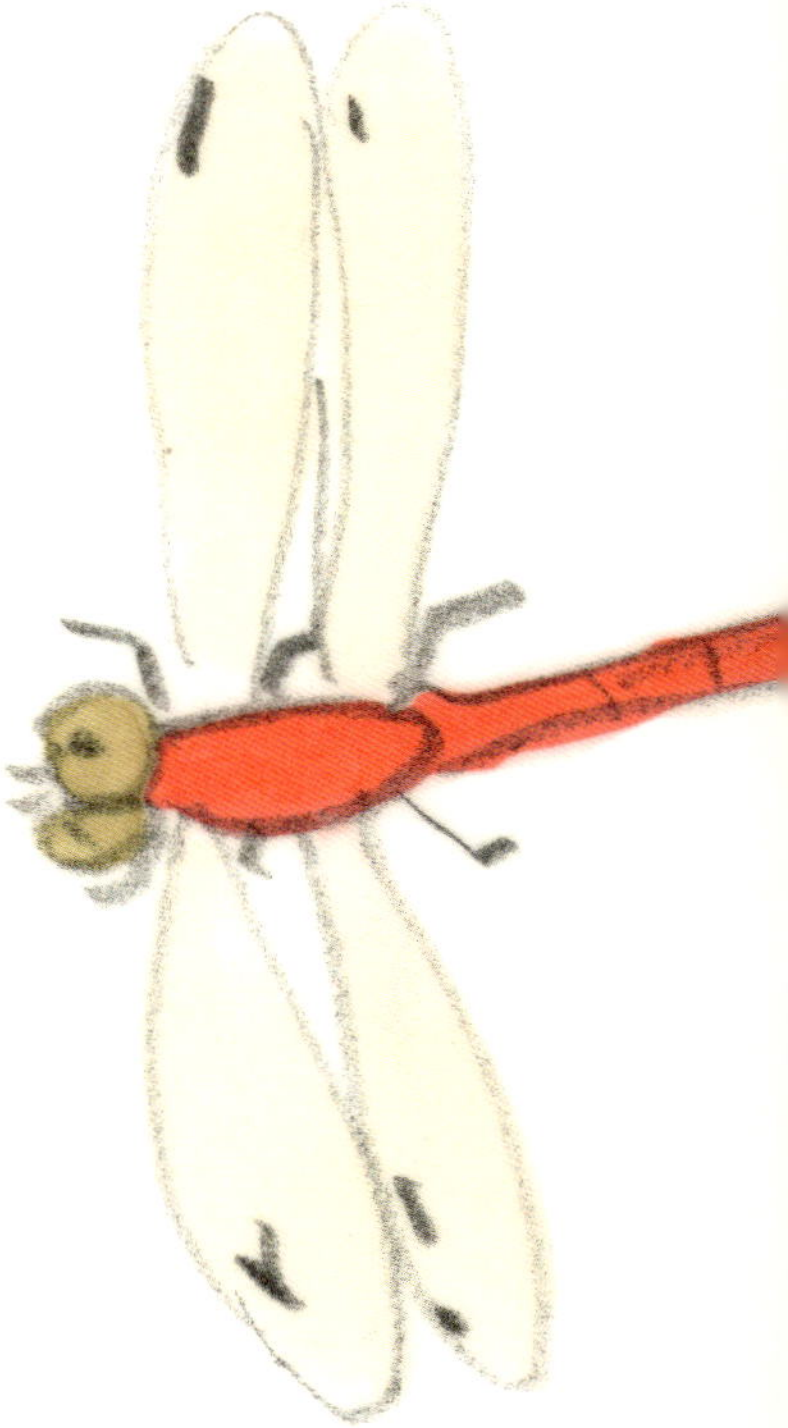

あかとんぼ
かさいほうちき
かくれんぼ

ビク

あきのひの
ゔぃおろんのおと
いぬときく

ぼうたおし
つなひきりれー
あおみかん

リリリリ

こおろぎの
ひとつおぼえの
りくつかな

いつのまに
あんかでている
よじょうはん

うすらひを
なめているなり
そらしらむ

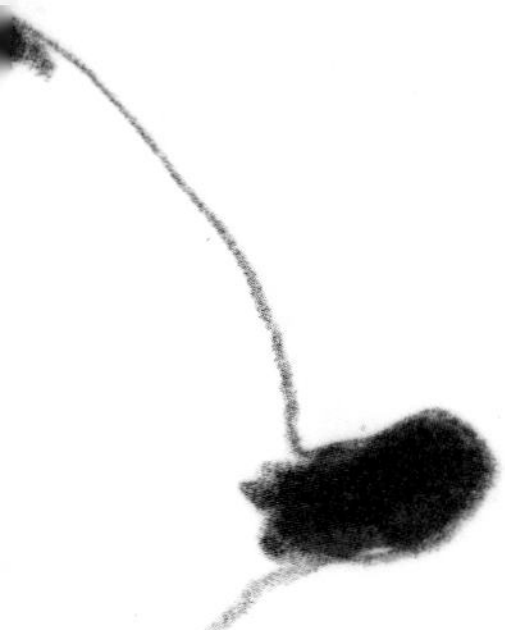

やぶいても
いいというから
えんりょなし

はつすずめ
せんたくものの
ないさおに

福笑

しかられた
しょうがつそうそう
いみふめい

はつゆめは
かつぶしぜんぶ
ふくろごと

松魚節削り節
御家庭用一式

はねつきの
こつりこつりと
ねむけする

ねたふりの
こまおきるまで
まわるまで

ゆきうさぎ
はしろうおれと
さむいから

あさもやや
ゆうべのまめを
つつくはと

はるのよい
かってしったる
へいのうえ

はくもくれん
とおくをでんしゃの
とおるおと

うすみどり
うすももうすき
ひなあられ

ひざかりに
さくらさいている
だれもいない

はるのひの
あたるふとんの
うえにいる

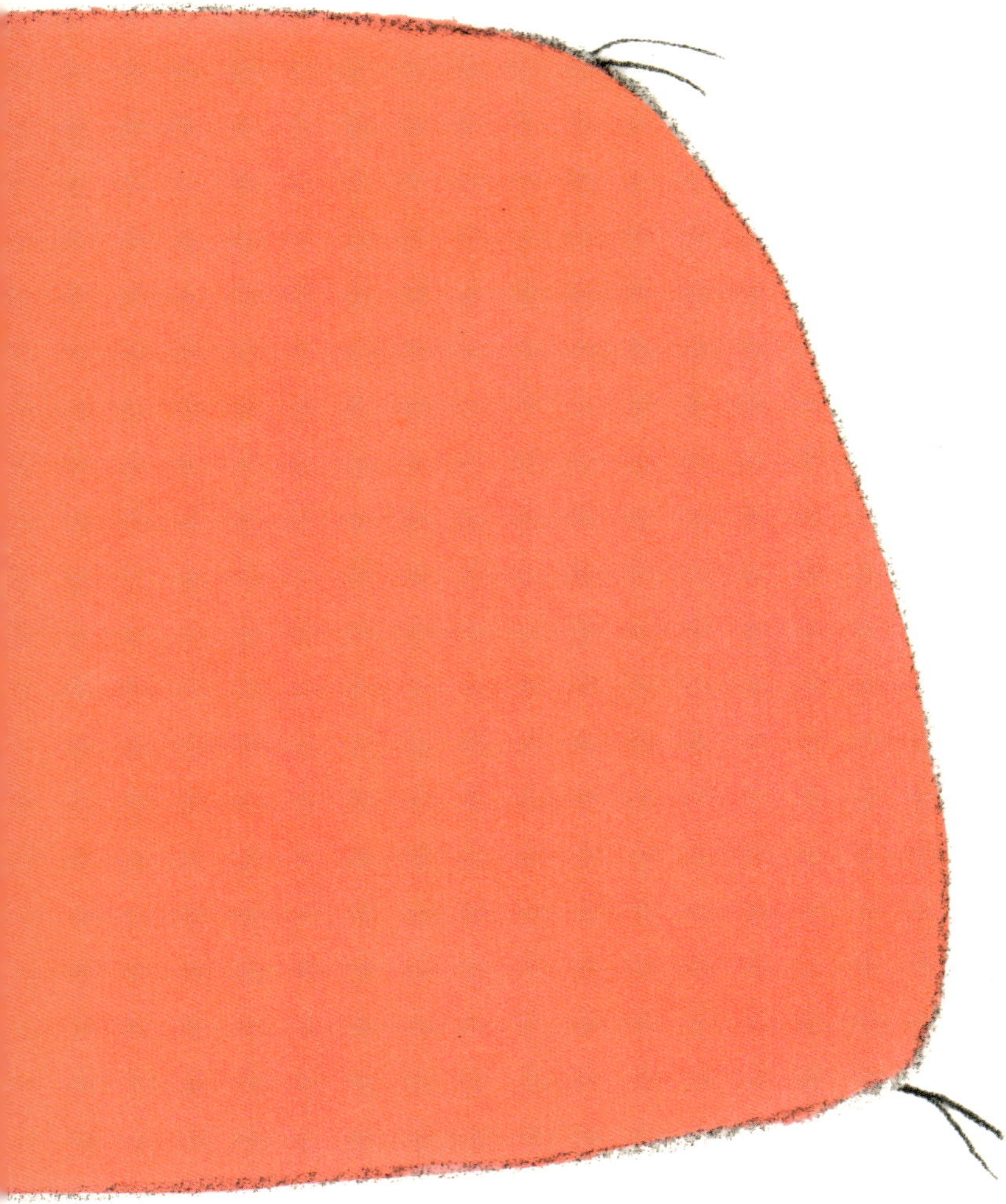

※絵・俳句は全て描き下ろしです。

ねこはいに
2016年9月30日　初版第一刷発行

著者　南伸坊

編集発行人　手塚能理子
発行所　株式会社青林工藝舎
〒一六二－〇〇五四
東京都新宿区河田町三－十五 河田町ビル三階
電話：〇三（三二五二）〇四七一［営業部］
〇三（五三六三）五九二〇［編集部］
FAX：〇三（五三六三）五九一九［共通］
http://www.seirinkogeisha.com/
装幀／南伸坊
協力／井上則人・後田泰輔
印刷・製本　中央精版印刷株式会社
定価はカバーに表示してあります。
乱丁・落丁はお取り替え致します。

ISBN978-4-88379-427-0 C0095